은하가 은하를 관통하는 밤

은하가 은하를 관통하는 밤

강기원 시집

민음의 시 162

민음사

自序

얼굴을 그린다

도려낸다

눈동자 잘라 내고

코 떼어 내고

말하고 싶은 입은 더욱 크게 깊이 파낸다

짝짝이었던 두 귀도

구도를 위해 없앤다

얼굴이 완성되었다

챙이 넓은 모자를

약간 기울게 씌워 주었다

2010년

강기원

차 례

2부

3부

1부

독자에게

― 만나게 될 때까지

결합의 순간에 디스데라 벨리아(Dysdera velia)는 수컷과 암컷이 동시에 상대방을 향해 줄 하나씩을 내쏜다. 30cm 가량의 길이에 수평으로 늘어진 이 줄은 일종의 다리가 되고 그 양 끝에서 두 곤충은 마주 보게 된다. 신호가 내려지기라도 한 것처럼 그들은 동시에 양 끝에서 출발하여 빠른 종종걸음으로 다리를 건너지만, 서로 스치지도 못하고 엇갈린 채 각자의 출발점으로 되돌아온다. 수컷과 암컷이 결국 만나게 될 때까지 이 장면은 되풀이된다.

― 이자벨 로시뇰, 『작은 죽음』 중에서

흡혈

나는 뺄셈이고
너는 덧셈이다
또한, 너는 뺄셈이고
나는 덧셈이다
내가 네게로 흘러간다
네가 내게로 흘러든다
점점이 스민다
너와 나는 도무지 이름 할 수 없는 형질이어서
날 받아들인 네 영혼에
널 받아들인 내 영혼에
알레르기 같은 열꽃이 돋는다

만개!

내가 네게로 갈수록
네가 내게로 올수록
우리는 만발하고 시든다
차오르고 비워진다
이 빈번한 삼투압

흘러가는 길은 언제나
뜨거운 곳에서 차가운 곳으로
뇌수와 골수 침 땀 눈물이 범벅으로 섞여든
너와 나 낱낱이 해체되어 녹아든
진하고 단, 쓴 피
피의 러브 샷

인형

너덜너덜한 너를
주워 든다
뜯겨 나간 누더기
너의 조각을 찾아
붉은 실로 꿰맨다
실밥이 함부로 드러나도
그게 오므라지지 않는
상처로 보여도
떨어져 나간 팔다리
이어만 붙여도 어디냐
그러나 입술을 새로 만들면
눈동자가 일그러지고
콧구멍을 뚫으니
뺨이 우그러드는구나
그래도 이게 어디냐
우멍한 눈자위가
이제 날 바라보는데
네 몸속으로
내 숨결이 흐르는데

나를 찌르던 바늘로

너를 찔러

네가 다시 내가 되었는데 말이다

내가 다시 네가 되었는데 말이다

장미의 나날

그 동네에선 우리 집 장미가 제일 붉었는데요
그래서 사람들은 집집마다 장미가 있었지만
유독 우리 집을 장미집이라 부르곤 했는데요
식구들이 모두 단잠에 빠져든 밤
아버진 휘늘어진 덩굴 밑동에
아무도 모르는 거름을 붓곤 했는데요
나 홀로 깨어 아버지의 일거수일투족을 지켜보았는데요
비밀스런 겹겹의 꽃잎은 뭉게뭉게 자꾸 피어나고
장미가 붉어지는 만큼 나와 동생은
자꾸 핼쑥해져 갔는데요
그러고 보니 엄마의 낯빛도 갱지처럼……
이상한 건 향기였지요
수백 수천 송이가 울컥거리며 피워 내는 피비린내
마당을 넘어 집 안까지 기어든 덩굴은
소파를 뚫고 곰팡이로 얼룩진 벽을 타고
생쥐가 들락거리던 아궁이 속에서도 붉게 검붉게
소문 같은 혓바닥을 내밀기 시작했는데요
그 무렵 우린 아버지의 주문 따위 필요 없이
스스로 나무 밑동으로 걸어가 누웠던 거지요

걷지 못하는 동생이 제일 먼저 다음엔 순진한 엄마가

그리고 의심 많은 나까지

오로지 담의 안팎으로 풍성히 늘어질 장미를 위해서 말
이에요

장미 뒤에서 무슨 일이 벌어지는지 아무도 모르게요

웃는 데드마스크

얼굴은 어디로 갔지
오늘도 죽음을 향해 걸어갔어
머리를 쥐어뜯으며 그는 생각한다
문제는 늘 드러나는 속내
차라리 가면을 만들자
포커페이스
흐린 눈에도 멍한 귓속에도
석고를 붓는 거야
윗입술과 아랫입술이 견고하게 붙는다
미련하게 솔직한 혀도
이 목 구 비 차례로 사라지고
이름 없는 무표정의 얼굴 하나
얼굴 위에 무겁게 덮인다, 납덩이처럼
떼어 내지 말아야 해 익숙해져야 하니까
아침마다 그는
만나야 할 로봇 같은 면상들 떠올리며
거울 앞에서 낯선 이목구비를 그린다
때로는 근엄하게 때로는 인자하게
중요한 건 카리스마와 유머를 잃지 않는 일

늦은 밤
바퀴와 회전문 에스컬레이터와 칸막이 사이를 누비고
다녔던
그가, 그가 아닌 그가
무너지듯 잠자리에 든다
가면 벗는 것도 잊은 채
그 밑의 숨 막힌 얼굴이
뭉클하게 썩어 가는 것도 모르는 채
그리고
다음 날
그는 또다시 죽음을 향해 걸어간다
데드 맨 워킹
웃는 얼굴은 어디로 갔지

하몽

다리 하나가 저렇게 큰 돼지 몸통 상상할 수 없어요

언제 머리 위로 쿵 떨어질지 모르는 거대한 하몽 아래서

희희낙락 거나한 웃음이 퍼져 나옵니다

공중에 걸린 다리는 언제 이들의 머리를 밟아 버릴까요? 그걸 알 리 없는 사람들 유쾌히 술잔을 부딪치지요, 깨질 듯이

술이 싱겁다 여겨지면 날 선 단도로 짭조름한 다리 살 슥 슥 베어 씹어 대고요

가십과 고기는 역시 씹어야 맛이니까요

잠시 끊어졌던 얘기 어디까지였더라? 지나간 말꼬리 휘익 잡아채 이어 가는 건 문제도 아닙니다

매달린 다리가 떨구는 핏물에 아니, 살집 오른 소문에

사람들 얼굴은 점점 불콰해지고 돼지는 돼지답지 않게 창백해져 갑니다

밤이 깊을수록

선술집은 활기를 띠고 하몽은 자꾸만 베어져

달아나고픈 정강이뼈

허옇게 드러나고 있지요

소음과 담배 연기에 전 레코드판

같은 소절을 반복하고
취한 자들도 바늘이 튀어 오르듯……
거짓말처럼
그 거대하고 붉은 살덩이 앙상한 뼈만 남겨졌을 때
사람들은 휘 좌중을 훑어보고 궁리하는 겁니다
다음은 누굴 매달까

마리오네트는 내 친구

오늘도 인형으로 산다
그래도 줄은 없다
마리오네트는 내 친구
하지만 이 관절은 너무 무거워
관절을 부드럽게!
헬스장에 갔다
삐그덕
허리를 다쳤다
인사하는 게 지옥이었다
프랑스식 비주(bijou)가 좋기야 하지만
내 뺨은 차가워
얼굴에 그려진 대로
보는 사람마다 방긋 웃어 주었다
삐그덕
인공관절은 바꿔 주어야 한다 정기적으로
그럴 때마다 가출을 했다
새사람이 되어 돌아오곤 했다
밤이다
어깨뼈와 정강이뼈 똑 똑 분질러

머리맡에 두고 잠든다
꿈속에서 날아다니려면
가벼워야 해
아무래도 내일은
심장 배터리를 갈아야겠다는 생각
머리를 통째로 바꿔 버릴까?
삐그덕 삐그덕

로제타석

나는 입술이 없습니다
고막이 없습니다
눈동자도 없습니다
가진 거라곤
벌거벗은 가슴
뿐입니다
희지도 않습니다
부드럽지도 않습니다
구멍 숭숭 뚫린, 검은
번뇌의 가슴, 이래도 좋으시다면
제 위에
당신의 비밀을 적으십시오
불에 달군 칼끝으로
한 자 한 자 새기십시오
해면 같은 가슴속에서
피는 흐르지 않고
점점이 고입니다
어둠 속에 하나둘 별이 돋듯
돋을새김의 상형문자

끝없는 당신의 긴 문장이 끝난 후

함부로 버려 주십시오

쓸쓸한 돌밭이나 강어귀, 절벽 아래, 눅눅한 시장 통, 공
동묘지……

어디든 상관없습니다

상처가 깊을수록 간곡히 새겨지는

秘文, 非文 그리고 아름다운 悲文

발굴되지 않을, 되어도

해독되지 않을

당신의 로제타석입니다, 나는

굴

딱딱하고 어두운 동굴 속에서
이제 막 나온 동굴주의자
욕을 모르는 혀처럼 부드러운 너
오래 다문 내 혓바닥 위에 올려 본다
나 또한 고집스런 동굴주의자이니
나를 맛보듯 너를 맛보련다
달큰하고 비린 젖내
태곳적 양수의 맛
더 거슬러 아비의 깊은 체취
너는 메마른 나의 미뢰를 섬세히 건드린다
바다의 살점 입에 물고
바늘 돋친 내 혀 가만히 대는 동안
씹을 것도 없는 너는
목젖을 타고 미끄러져 들어간다
칙칙하던 나 바다 향기로 환해진다
나와 너는 닮기도 다르기도 하다
뼈를 밖으로 살을 안으로 한 너와
물컹한 살 속에 딱딱한 뼈 감춘 나는
누가 더 수줍은 것이냐

너의 타액처럼 끈적이며 산뜻하기란
쉽지 않은 일
말 없는 바다의 혓바닥 같은
너를 삼키고 나는 대양을 품는다
아가미로 숨 쉬는 바다의 계집이 된다
감은 속눈썹 끝에
긴 수평선이 걸린다

우는 방

시간당 육천오백 원입니다
탁자 두 개와 소파 한 개가
놓여 있어요
조용한 음악이 흐르고요
이곳은 당신이
당신 속으로 들어가는 방
아무 염려 말고
마음껏 우세요
소리 없이 눈물만 흘려도
통곡을 하셔도 좋습니다
성능 좋은 방음벽은
당신의 슬픔을
해면처럼 빨아들이니까요
당신 울음에 대해
이유를 묻지도
섣부른 위로를 쏟아내지도 않습니다
물론 한숨 따위도요
소심한 당신, 불쌍한 당신
이곳에서조차 눈치를 보는군요

여린 당신을 위해
고춧가루와 통마늘, 흑후추도
준비해 두겠습니다
아, 그런데
한 시간이 벌써 지났군요
아직 남은 슬픔이 있다고요
하지만 눈물이 몹시 마려운
다음 분을 위해
다음 기회를 이용해 주시기 바랍니다
안녕히

늙은 우럭

아마도 늙은 우럭은 바위로
변신 중이었나 보다
감포, 그 푸른 심연에서 올라온
늙은 우럭
의
이빨에 낀 이끼
그걸 들여다본다

어느 물때와 파랑과
갯바람을 지나
우럭은 내 앞에 있는 걸까

탁본을 뜨자는 아우성 뒤로 한 채
입에 박힌 바늘을
조심스레 빼낸다
그의 변신을 방해할 마음이 내게는 없다

우매한 바위처럼 거무튀튀한
늙은 우럭의 입술에

붉은 내 입술 잠시 포개 본다

푸른 심연으로 그를 돌려보낸다
그의 체취가
내 안에 머물러 있다, 오래도록

가면 우울증

나는 즐겁다
(즐거워야 한다)

나는 너그럽다
(내 심장은 퀼트처럼 조각나 있다)

나는 웃는다
(울음은 멈춰지지 않으므로)

나는 늘 기도한다
(십계명의 '하지 말라'가 '하라'로 읽힌다)

나는 노래한다
(내 귀를 막고)

나는 아픈 적이 없다
(병명을 모른다)

얼굴 위에 얼굴을 덧씌운다

(버릇이 되면 숨 막히지 않는다)

나는 나다
(나는 내가 아니다)

인어 회를 먹다

알몸의 인어가 누워 있네
얼음 접시 위에
인어의 저며진 살점이 놓여 있네
음부 위의 해초
인어의 간과 잘린 유두
내장 자리에서
흘러내리는 핏물

긴 젓가락을 벌린 채
빙 둘러 선 사내들
썩기 전에 드세요
탱탱할 때 드세요
독주가 돌아가고
사내들의 눈이 벌게질수록
드러나네
풍성한 머리칼
희디흰 등뼈

흙안개

다섯 살 재승이는 오전 여덟 시에 임종식을 갖는다

　오늘의 날씨 황사 바람 동반한 폭풍주의보

무거운 산소 호흡기를 이제 떼어 낸다

　발원지는 타클라마칸, 오르도스, 고비의 사막 지대

태어나면서 함께 자라 온 뇌 속의 암덩이

　사백 년 전 오늘 하늘에서 피 비 내려 붉게 물든 풀잎들

종부 성사도, 천도식도 없다

　어긋난 예보, 비 한 방울 없이 흙안개

빈 침대는 반나절의 틈도 없이 대기 중이던 환자가 차지한다

　내일 대체로 맑고 구름 조금

메멘토 모리

천장에 매달린 해골들
의 눈총을 받으며 걸어간다
나의 과거이고 미래인 수만의 얼굴들
성당 벽을 가득 메우고 있다
두개골로 만든 종에서
퍼져 나오는 종소리
사라진 자들의 노래 낮게 깔리는
그레고리오 성가

죽어서 산 자들과
살아서 죽은 자들이
함께 드리는 미사
골반뼈의 촛대에서 타오르는
발효된 시체들의 입김
다리뼈의 성배 속에서 출렁이는 포도주
수도복을 입은 해골 사제가 피의 잔을 건넨다
혀 위에 얹혀지는 밀떡
피에 섞여 꿈틀대는 살덩이로 살아난다

텅 빈 동공에서 뿜어져 나오는
서늘한 안광
내 뜨거운, 아직은 뛰는 혈관 속에 스민다
흰 거미줄 같은 미사포를 벗고
성당 문을 나서는 이마 위에 새겨지는
붉은 글자 'Memento Mori'*

무수한 햇살의 바늘들이
내 몸을 뚫고 들어와
피안과 차안을 한 벌의 몸뚱이로 깁는다
나는 산 자인가 죽은 자인가

* '죽음을 기억하라'는 뜻의 라틴어.

아바타

자, 이제 골라 보시지
누구를 나로 택할 건지
이곳은 공간 없는 공간
육체 없는 육체
일단 밑그림을, 색깔도 좀
아, 그림자를 그려야지
잊지 말아야 할 데포르메
아무런 징후 없이
세상에 없는 나를 만드는 일
마초? 뱀파이어? 몬스터 고양이? 4차원 소녀?
무엇이든 설정은 '기쁨'
해독할 수 없는 눈빛 대신
방실방실한 웃음
내 어두운 바닥 감쪽같이 감춰 줄
오렌지색 아우라
낯선 이목구비 그리는 동안
스멀스멀 빠져나가는
담즙질 영혼
아이콘의 화색이 화사해지는 동안

창백해지는 내 낯빛
너는 그렇게 강림하고
나는 나를 잊고, 잃고
익명의 네가 살아 숨 쉬는
여긴 가상일까 현실일까
불현듯
실수인지 고의인지
눌러 버린 '삭제' 버튼
순식간에 사라진 건
너일까 나일까

회색인

거대한 도시 속
교차로 우회로 일방통행로 막다른 골목 앞에서
길 잃고 헤매기 아니
미로를 산책하기 방랑하기 몽상하기
아예 그 속으로 망명하기
그림자에 쫓기기 그러나
무감각 우유부단 둔감하기 그래도
고집스럽기 불충실하기
가장 느리게 공전하는 별 닮기
고독의 독배 마시며 중독되기
취한 눈에
알레고리와 아이러니로 세상사 판독하기
모노드라마 속 대사 없는
주인공 되기
비밀스럽고 심오하게
상상의 지도와
폐허의 청사진 그리기
펜, 아니 칼날의 끝
심장에 들이대고

절망의 연대기 쓰기 그러나
마침표는 찍지 않기

ID

1 1988 006453 01

유효기간 12/1998

9410 9331 2325 6004

유효기간 02/12

111 28259

제생병원 평생진료카드

2160 7742 1590 0025

SK telecom OK 캐쉬백

나는 해마다 죽었고

일 년 후 죽을 것이고

(원한다면 연장이 가능하고)

아니, 평생 살 수도 있다

죽은 나는

가위로 잘리고

연체된 나는

단호히 그어지고 버려지고

암호일 뿐인 나는

없는 채로 존재하며

존재하는 채로 사라진다

비밀리에 저장된 나는
그러나 누설되고 도용되고
변신의 유혹 끊임없이 받으며
내가 나를
(그 무수한)
기억하지 못한 채
무한 증식되어
점점 얇아져
점점 뭉개져
간다

해체된 후

에드 미첼. 그는 잘나가던 경제부 기자였다. 로이터 통신과 BBC 방송에서 연봉 십만 파운드를 받던 그는 마거릿 대처와 존 메이저, 토니 블레어의 인터뷰어였으며 호브 해변에 오십만 파운드짜리 집을 갖고 있었다. 하지만 지금 그는 노숙자다. 스물다섯 개의 신용카드도 허사. 스물다섯 해의 결혼 생활도 끝났다. 갚아야 할 빚은 다섯 번 태어나 평생을 일해야 할 액수. 그의 잠자리인 공원 벤치는 벤츠 승용차가 세워진 그의 옛 저택에서 사백 미터 떨어진 곳. 자선단체에서 주는 샌드위치가 하루 양식이다.《더 타임즈》사진 속 비스듬히 누운 그가 말한다. 지금보다 더 단순하고 행복한 적은 없었다고, 후회나 비난할 대상은 아무것도 없다고.

—《한겨레신문》2007년 12월 18일

새벽 다섯 시면 일어나 여섯 시 반이면 어김없이 집을 나서는 남자. 그가 읽다 팽개쳐 둔 신문을 집어 들고 아우토반의 속도를 생각 한다. 길 위의 바퀴를 생각한다. 바퀴 같은 그를 생각한다. 바퀴살이 돼 버린 두 다리, 배꼽의 축을 간신히 잡고 한순간도 멈추는 법 없이 굴러가는 몸뚱이.

나는 타 버린 토스트를 썹으며 지금도 굴러가고 있을 그를, 해체된 후 재조립도 재활용도 불가능한 그를 생각한다.

알파 늑대

보았다
보았다고 믿는다
테헤란로 한복판
늑대 한 마리가 서 있다
얼음 빛 짧은 털
무리를 잃고
녹은 빙하를 따라 흘러 내려온
푸른 눈의 북극 늑대
툰드라의 종손, 수컷 중의 수컷
알파 늑대
해 지지 않는 여름과
해 뜨지 않는 겨울을 지나
빙하의 박동을 감지하던
뜨거운 심장
그의 내부는
그린란드의 정령들로 가득 차 있었을 게다
해골도 무덤도 사라지게 하는 강풍
발바닥에 박히는 얼음 파편 따위 아랑곳없이
북극의 대평원을 대서사시처럼 달려온

알파 늑대
스카이라인 없는 테헤란로 한복판에
우두커니 서 있다
사방에서 울려 대는 경적 사이로
작살에 찔린 일각고래의 마지막 노래
를 듣는 듯
그의 푸른 눈이 먼 곳을 응시한다
알파 늑대가
아니었는지도 모른다, 그는

죽은 만돌린

만돌린의 일곱 줄이 모두 끊어졌어
달랑 한 줄만 남겨 놓고
그 작은 현악기
죽은 아이인 듯 품에 안고
쩔쩔매다
그대로 단상을 내려왔지

꿈을 깨고서야
아이의 忌日을 기억해 냈어

십 년 전 열 살의 아이에게
달려 있던 줄들이
툭 끊어진 날
아이는 여전히 숨 쉬는 듯했지
시신의 온기는
하나 남은 줄처럼
쉽게 꺼지지 않았어

아이로 만든 악기를 갖고 싶었지

가는 머리카락의 현을 튕기면
못다 부른 그 애의 노래가
울려 나올 것 같았어

오래전
울음이 말라 버린 텅 빈 몸뚱이
저 만돌린을 빗속에 두어야겠어
비의 손가락들이
죽은 만돌린을 연주하도록

투견

나는 네게 적의가 없다
그러나 싸운다
짧은 털 속 유리 가루
끌칼로 갈린 송곳니
피 속의 잠 깨는 악마
노려보는 눈알 속
일렁이는 푸른 불꽃
먼지에서도 비린내가 난다

나는 네게 적의가 없다
도박을 건 저들 사이에도
없다, 없는 원한이 깊다

피의 맛은 달다
한 번 맛보면 잊을 수 없는
절정의 맛
우리는 서로의 상처를 노린다
물어뜯는다

나는 네게 적의가 없다 그러나
멈출 수 없는 이 싸움

물어뜯어라, 어서
한쪽의 숨통이 끊어지기 전까지

너는 나다
나는 너다

2부

月牙泉

알고 계시나요
눈동자 없이
눈썹만으로 우는 여인
사막의 석양 아래
함부로 떨구지 않는
붉은 눈물
머금고만 있는 여인
알고 계시나요
자신의 늑골 밟고 가는
거친 발굽들
천년 동안 어루만져 보내는
여리고 단단한 가슴
알고 계시나요
하룻밤 사이 돌변하는
변덕스런 사내들 고스란히 견디며
소리 내지 않는 모래 울음
당신 귓속에 조심스레 붓고 있는
사막의 문둥이 같은 그 여인

아플리케

너와 나를
꿰맬 수 있는 바늘이 있으면 좋겠어
너의 심장에
내 심장을 덧대어
지그재그로 박는 거지
서로 풀리지 않게
한 땀 한 땀 힘주어
그러나 네 원단은 질기고 질겨
내 연한 살덩이가
자꾸 밀려나는구나
시간의 시침 바늘로 눌러 놓아도
펄떡이는 네 심장을
다소곳한 내 심장으로 덮기란
정말이지 쉽지 않은 일
디룩거리는 네 눈알도 마찬가지
너만 바라보는 내 검은자위를
수시로 돌아가는 팔색조의
네 눈동자에 덧붙인다는 건
어떤 미싱으로도 불가능한 일

온도도 굵기도 다른

너와 나의 핏줄

날줄, 씨줄로 삼아

힘겹게 꿰매 놓은

우리 몸뚱이

그래서 그런 거지

하나가 된 둘 사이에서

올 풀리듯

자꾸 피가 새어 나가는 건

두 사람을 위한 퍼즐 놀이

다 쏟아졌구나
마구 흩뜨려 놓았구나
누가 이랬니
네가
내가
사라진 구름 조각 찾으러
도판 밖으로 나가야겠구나
간신히 끼워 맞춘
우리의 성 속으로
헤집고 들어온 알 수 없는 무늬
우리는 어긋난다
부서진 들판 힘겹게 맞추는 동안
파편들이 자꾸 자리를 바꾼다
새장 속엔 새가
집 밖엔 울타리가
있어야 한다고 누가 가르쳐 주었니
이 퍼즐은 해답지 없는 문제지
누군가
우리 앞에 퍼즐 상자 던지며

다 달라서 꼭 맞아
그 한마디만 믿고
쭈그려 앉았는데
다 같아 보이는
전혀 다른 모서리들
우리는 삐걱거린다
맞출수록 어긋나는
너와 나의 요철
단순하고 복잡한
지루하게 재미있는
멈출 수 없는 퍼즐 맞추기

껌, 나를 뱉다

배가 고프다
네가 고프다
식욕 없이 무언가가 고프다
잘라진 혓바닥 같은
껌을, 마른 혓바닥 위에 올려놓는다
귓속에 부어지던
신뢰할 수 없는 밀어처럼
인공의 과일 향이 입안 가득 퍼진다
껌이 나를 씹는다
고뇌의 백태를 슬슬 지워 내며
되새김질하듯 나를 씹는다
씹는다
씹는다
뻔뻔한 낯짝처럼 씹을수록 질겨지는
껌
지겨워 지겨워
배고파 배고파 하면서
씹어 대는 껌
씹히는 나

이젠 정말 뱉어 버릴 거야
먹어도 먹어도 먹은 게 없는
허울뿐인 살점
퉤!
뱉어 내는데
정작 뱉어 낸 건
피로 가득한 붉은 살덩이

아슬아슬하게

너 하나

나 하나

손가락뼈 하나씩

정강이뼈도

머리를 맞대고

— 재미있지?

— 재미있어

— 척추도 들어내

— 척추도? 그럼 무너지는데

— 대신 세워지잖아

머리통도 조심조심

굴러가 버리지 않게

조각난 너와 내가

나란히 나란히

아슬아슬하게

남김없이 맞대고 선 우리가

— 이거 무슨 모양이야?

— 아무거면 어때?

— 그래도 제목이 있어야 하잖아

── 제목 따위 필요 없어

── 난 중요해

── 넌 잡생각이 너무 많아

── 넌 무뇌아로 태어났어

옥신각신하는 사이

사이좋게 마주 보던

뼈와 뼈들이

누가 먼저랄 것도 없이

단번에

와르르르

너라는 캔버스

무엇이었을까
원래 네 모습은
너라는 캔버스 위에
덕지덕지 붙여 놓은
환상의 몽타주
새벽 안개의 눈동자
콧날 위 편백나무 숲
입술의 악보
곧은 두 다리 사이 바다로 난 철길
도무지 알 수 없는
텅 빈 네 이마
바라보며 얼마나 많은 것들
붙였다 떼었는지
아, 몰입의 아름다운 시간들
난 정말 몰랐을까
네 몸에 바른 풀들이
다 마르기도 전
깊이 떠낸 내 가슴의 조각들
낱낱이 흩어지게 된다는 걸

진짜인 널 바라보는 일이
날 죽이는 일과 같아서
오늘도 난
네게 덧입힐 그림을 찾아
세상을 뒤적이고 있다는 걸

물과 불의 결혼

그는 물이고
나는 불이었다
그는 변신의 귀재였고
나는 보호색이 없었다
그는 발라드
나는 헤비메탈이었다
그의 혀는 안개 같은 비밀이었고
나는 남김 없는 누설이었다
그는 세례자였고
나는 유다였다
그는 머금었고
나는 내뿜었다
그는 어디서든 날 찾아냈고
나는 늘 숨었다
오, 극과 극의 동거!
그에겐 그가 없었고
나에겐 나만 있었다
그는 점점 어려지고
나는 점점 늙어 갔다

언제나 그가 졌다

언제나 이긴 거였다

그는 나였지만

나는 그가 아니었다

아니, 나는 그였지만

그는 내가 아니었는지도

물불 가리지 말고 살아 보자 했다

한통속이었다

우리는

2인3각 경기

나의 하루는
너의 하루와 달라
나의 스텝은
너의 스텝과
달라도 너무 달라
나의 문법과
너의 문법이
두 개의 행성만큼
멀듯이
내가 보는 태양은
너를 비추는 태양이
아닐지 몰라
그런데도 우린
두 다리 묶고
세 다리 되어
줄곧 뛰어야 하는군
두 걸음 나가면
세 걸음 주저앉는 꼴로
저 반환점 돌아오기까지

우린 몇 번이나 더
고꾸라져야 하는 걸까
승자도 패자도 없는 이 경기
관중도 심판도 없이
내 발목에 사슬 묶고
내 안의 나와 벌이는
끝없는
2인3각 경기

스핑크스, 일어서다

너와 나
하나 된다면
우린 스핑크스
동물만도 사람만도 아닌
반인반수
우린 번갈아
짐승이 되었다가 사람이 되었다가
하나 될 수 없는
둘
둘이 될 수 없는
하나
그래도 어긋나지 않는 건
오리온좌에 맞춰진 눈동자
기원전 하늘을 보며
은하의 별점을 치지
우리 함께 있는 곳은
언제나 사막
그리고
무덤

살덩이 허물어지는

모래바람 속에서

서로를 붙든 채 엎드린 몸뚱이

이젠 홀연히 일어서기

수천 년 주저앉힌

팔다리 곧게 펴

파라오의 꿈속을 헤엄쳐 가기

너는 너대로

나는 나대로

더 이상 쪼갤 수 없는 나

타클라마칸은 타클라마칸에 있지 않아
인공 눈물은 감질만 나지
(네가 그렇듯이)
내 안의 사막에선
해가 지지 않아
뜨지도 않아
보이지도 않는 해 때문에
(숨어 버린 너 때문에)
충혈된 눈알, 아니 붉은 모래알
사라진 별들
홍적세부터 뒤채던 가슴속 물결
어느새 말라붙었어
찾을 수 없는 와디의 흔적
뜨겁게 갈라진
사막의 입술
사막의 골반뼈
산 채로 난
헤아릴 수 없는
한없이 가벼운 내가 되려나 봐

더 이상 쪼갤 수 없는 나로
네 눈 속에
척수 속에, 오장육부 속에
살뜰히 들어가려나 봐
네가 쓰라려 쓰라려
비벼 대도
쉽게 빠져나오지 않을
진저리 나는 내가
네가 되려나 봐
(바라던 대로 그렇게)

방황하는 피

네 핏줄은 고압선이 분명해
바람에 부르르 떠는
얽히고설킨 전선들로
넌 늘 지지직거리는
난시청 지역
땀에 젖은 몸으로
널 만지는 건
금물
음표처럼 고압선 위를 가볍게 건너다니는
작은 새의 발뒤꿈치가 보이지만

네 핏줄은
조율 안 되는 현이 분명해
조이면 끊어지고
풀어 놓으면
소리를 놓아 버려
활 잃은 부주의한 악공처럼
널 품에 안고
난 자꾸 막막해져

한 자리에 있지 못하고 흘러 다니는 넌
어느 강의 지류인지
부유하는 넌
어느 안개의 족속인지
어느 유목의 피인지

도무지 소문 같은 널 따라 도는
나는,

초록각시뱀

내가 당신을
무심히 냉정하게 빤히
쳐다본다 해서
예기치 못할 고요함이라 해서
울지 않는다 해서
웃지도 않는다 해서
거짓말처럼 허물을 벗는다 해서
때로 죽음 같은 잠을 잔다 해서
고독을 고집한다 해서
당최 길들일 수 없다 해서
죄의 향기
비늘마다 스며 있다 해서
독니 감추고 있다 해서
내 심장까지
뜨겁지 않은 건 아닙니다
몸뚱이보다 더 크게 벌어지는
욕망의 아가리
사나운 당신
삼킬 수 없는 건 아닙니다

이빨 자국 하나 없이
녹아든 당신
도로 뱉어 낼 수 없는 건 아닙니다
나는 당신의 각시뱀입니다

밤의 욕조

가슴뿐이다
가슴이 텅 빈 내가 누워 있다
출렁거림도 없이 출렁이며
널 담아 가득 찼던
더없이 뿌듯했던 가슴이
이제 홀로 누워 있다
혼곤한 꿈이 듯
내 안에 잠시 머물던 네가
망상을 떨쳐 버리듯
서슴없이 날 빠져나갈 때
무엇으로 널 다시 주저앉힐 수 있었겠나
내 안의 열기는 식어 가고
주글주글해진 네 영혼
더 이상 견디지 못하는 너
묵은 때 벗기듯 슬슬 지워 낼 것이다
따뜻했던 물의 기억을
내가 내게서 조금씩 빠져나간다
검은 배꼽 비틀어
나는 나를 소진시킨다

흉곽에 남은 너의 흔적
닦을 생각도 없이
내 안의 마지막 물 한 방울
사라지며 지르는 눌린 비명 소리
홀로 듣는 밤이다
너의 형상대로 움푹 들어간 채
텅 비어 버린 내가

오이도 행 지하철

당신은 한 마리
검은 고래였는지 모른다.
바다를 메운 길 위로 달리는
오이도 행 지하철
같은 당신
그 안에 담긴 나
그렇다
요나를 삼킨 고래는 말이 없고
울부짖는 건 요나뿐이었는데
나를 삼킨 당신도
당신 안의 나도
말이 없다
당신은 분명 한 마리 고래였을 것이다
당신 속으로 선뜻 첫 발을 넣었을 때
맡았던 비릿한 양수 냄새
늑골 사이로 울컥거리며 밀려드는
검고 습한 바람
난 당신의 어디쯤 있는 걸까
아슬아슬하게 궤도를 달리는 당신

의 출렁임, 그 멀미를 견디며
내릴 생각은 없이
그러나 곧 내릴 사람처럼
난 줄곧 당신 갈빗대 하나에
기대 서
당신을 따라 지상에서 지하로
지하에서 바다로 달린다
어디에선가 당신은
파도가 그리운 패총 같은 사람들을
뱉어 내고 다시
캄캄한 도시 속으로 돌아갈 것이다
그런데
당신의, 우리의 오이도는 어디에 있는가

밤의 송곳니

어둔 밤
발톱을 자른다
네게로 가닿으려고만 하는
촉수도
마음의 더듬이도
잘라 버린다
핏물이 배어 나올 만큼
바싹 잘라 버린 발끝

아픔은 달콤하다
밤의 늑대가
근지러운 이빨을 갈듯
거칠게 잘라 낸 발톱으로

할퀼 무언가를 찾아 나선다
내가 찾는 것은
지상에 없는 것
물러 터진
나를 밤새 할퀴는 동안

피 맺힌 발톱이

밤의 송곳니처럼

다시 자라난다

정오의 카페 7그램

그곳에서 만나
너와 내가 깃털보다
가벼워지는 곳
우리의 윤곽이 사라지는 곳
미농지보다 얇게 널 볼 수 있는 곳
오지 않은 너의
발걸음이 내 심장 속에서
쿵쿵거리는 곳
불현듯 당도한 네가
늦은 이유를 말하지 않아도 되는 곳
우리의 질량이 같아지는 곳
나의 7그램에
너의 7그램을 합해도
여전히 7그램인 곳
우리가 흔적도 없이 스며
더 이상 진화하지 않는 곳
비로소 네가 너인 곳
내가 나인 곳
영혼에도 냄새가

있다고 믿는 곳

누가 어떤 저울에

우리 영혼을 달아 본 걸까

아무튼

그곳에서 만나

눈부시게

캄캄한

정오에

은하가 은하를 관통하는 일

접붙이기를 하자
산사나무에 사과나무 들이듯
귤나무에 탱자 들이듯
당신 속에 나를
데칼코마니로 마주 보기 말고
간을 심장을 나누어 갖자
하나의 눈동자로 하늘을 보자
당신 날 외면하지 않는다면
상처에 상처를 맞대고
서로 멍드는 일
아니
은하가 은하를 관통하는 일
그러나
맞물리지 않는 우리의 생장점
서로 부르지 않는 부름켜
살덩이가 썩어 가는 이종 이식
꼭 부둥켜안은 채
무럭무럭 자라난다, 우리는
뇌 속의 종양처럼

3부

퍼스나

밤의 식탁에서 나는 쓴다/ 사흘쯤 굶어도 식욕이 없는 자/ 신발 사이즈는 커지고/ 브래지어는 B컵에서 A컵으로/ 거울을 닦지 않는 자/ 립스틱은 점점 진해지고/ 뼈의 피리를 지녔으면서도/ 느린 재즈의 선율에 눈 감지 않는 자/ 사내의 땀내를 맡아도 달뜨지 않으니/ 더 이상 사랑을 믿을 수 없는 자/ 누구인가/ 이 맛없는 자/ 오미의 구별이 안 되는 자/ 백색 스크린 같은 자/ 얽힌 탱고의 다리 사이에서 태어났고/ 요귀와 함께 자랐으며/ 간절기마다 발작을 일으키던/ 바람의 유전자를 지녔던/ 너는 어디로 사라졌는가/ 네 얼굴 위에 벗겨지지 않을/ 돌의 가면 덮어씌운 자/ 너의 알록달록함 잿빛으로 바꾼 자/ 누구인가/ 구멍 하나 없는 가면 속에서/ 미라처럼 서서히 숨 막혀 가는 너/ 이제 눈물샘마저 막힌 채/ 혀가 굳어 가는 퍼스나/ 새벽이 오는 식탁에서 나는 쓴다/ 쓰고 지운다

랭보座

랭보가 나를 본다
나도 랭보를 본다
무수한 밤을 가로질러
푸른 눈매와 흐트러진 머리카락
비틀린 그의 미소는
여전히 매력적이다
보는 것만으로
우린 서로 침투한다
예측할 수 없는 빛들로 가득 찬
랭보座
신하도 문지기도 없는
랭보의 왕국
내게는 이교도의 피가 흐르나 보다
착란과 광기의 교리문답을 받고
랭보敎에 입교하고 싶다
그의 세례를 받은 후
랭보座 곁
이름 없던 별자리에
내 문패 척 걸어 놓고 싶다

환각의 밤
수많은 별들을 건너
나는 오직 그에게로 간다
야유의 오줌발을 어디로 향할지
여전히 고민 중인 악동에게로

미뢰

트리플 A형이야
예민한 밤의 촉수
숫기 없는 심장
그러나 도도한 수줍음
달아오르기도 전에 움츠러들기
아니, 농익은 종기
벗겨진 딱지
온몸이 뇌관인 거지
건드리지 마
그저 혼자라야 해
내버려 두면
상처 따위 없는 듯
엄살도 없이
잎 피고 꽃 피고
사랑을 주려거든
멀리서
인 듯 아닌 듯
본 듯 안 본 듯
그렇게

머얼리서

— 아주 멀게는 말고

길고양이

내 이름은 달
아니 고양이
달인 고양이
고양이인 달
서기 어린 달빛과 내 푸른 눈빛은
한 뿌리
난 누구에게도 길들여지지 않는다
무리 짓지 않는다, 어떤 순간에도
고독이라는 오만한 벗이 있을 뿐
초승에서 보름 사이
이승과 저승 사이를
가볍게 넘나드는
자재로운 변신의 귀재
무어든 고요히 빨아들인다
빨아들여 야생의 피를 채운다
내 안엔
순진무구한 아이에서
타락한 천사까지 숨쉬고 있다
어둠이 날 낳았는지

나로 하여 깊은 어둠이 생겼는지

그건 알 수 없다

밤의 복화술사일 뿐

어느덧 새벽의 비린내가 끼쳐 온다

태양의 양수 냄새

의기양양한 아침이 성큼 다가와

날 지워 버린다 해도

기억하라

나의 수수께끼는 끝까지 밝혀지지 않으리니

오르골 상자

1
내게 상자가 있었어

다락방 같은 뚜껑을 열면
음악이 흘러나오던

태엽 감긴 새초롬한 무희가
앙증맞게 춤추던

일곱 난쟁이들이
요기조기 숨어 있던

빠진 치아들
달그락거리던

오르골 상자

어느 날
뚜껑을 열어도

음악이 흐르지 않고

태엽을 감아 줘도
두 팔 늘어뜨린
작은 소녀가 꼼짝하지 않을 때

난 어른이 되어 있었지

2
상자 속에 내가 있어

누군가 뚜껑 열 때까지
깜깜해 깜깜해
외마디 소리도 없이
웅크려 있는

썩은 사과를 먹고도
끄떡없는

태엽을 감아 주지 않아도
시계 소리에 맞춰
튀어 오르듯 일어나
제자리에서 맴도는

벙어리 소경 귀머거리인 채
웃는 무희

벌레 먹은 젖니들은 다 어디로 갔을까

나의 귀여운 일곱 연인들은

흑묘(黑猫)

나는 점이에요

원이고요

달이 가득하면 커지고

기울면 작아지죠

무엇으로든 변할 수 있지만

어느 것도 나는 아니에요

내 놀이터는 무덤

떠난 자들로 가득 차 있는 곳

산 자와 죽은 자 사이를

가볍게 옮겨 다녀요, 나는

달팽이

여자들처럼 남자들도 여자들이다.

— 그루초 마르크스

그러나
늘 홀로였어
최초의 창조물이 그랬듯이

그 안의 수컷은
그 안의 암컷을 외면하고

그 안의 암컷은
그 안의 수컷을 증오하지

심장도 하나 위장도 하나
머리도 하나
그러나 질료 다른 두 영혼이
함께 살아가야 하는
자웅동체

두 개의 더듬이는
합쳐지는 법이 없지
있는 힘껏

다른 곳을 향해 뻗는 촉수

한 마리 달팽이
속의 두 알몸
자기가 자기에게 침 뱉으며
끈적한 길 그으며
느릿느릿 기어간다

어지자지

어두컴컴한 방 안
벌거벗은 한 사람
사타구니 속에 두 손 깊숙이 찔러 넣고
설핏한 칼잠에 빠져 있다

그는(그녀는) 남자가 아니다
그는(그녀는) 여자가 아니다
그는(그녀는) 남자이다
그는(그녀는) 여자이다
그는(그녀는) 남자이고 여자이다
그는(그녀는) 남자가 아니고 여자가 아니다
그는(그녀는) 자기가 남자인지 여자인지 모른다
그는(그녀는) 남탕에서도 여탕에서도 쫓겨나기 일쑤다
그(그녀) 안의 아니마와 아니무스
갈빗대 뽑히기 전의 아담

저녁 어스름 속에 깨어난
그(그녀)가 생각한다
달팽이는 행복할까

플라나리아는
함께이며 홀로인
홀로이며 함께인
누구도 닮지 않은
그(그녀)는

그대로 옮기기

아직 한 점도 그리지 않았다고?
어휴, 그런데 방은 이게 뭐야
흐트러진 침대, 허물 같은 스타킹,
낙서, 오래된 사진, 나뒹구는 술병들
피우다 만 담배꽁초, 물감 얼룩, 찢긴 캔버스……와
술 취한 너
완전히 엉망인 예술이군

혀를 차며 떠나는 그 남자 말에
손뼉을 쳤지
갤러리 한 구석에
이 지저분한 침대 그대로 옮기기로
제목은 「나의 침대」*
도덕적인 관람객들을 위해선
텐트도 쳤어
「나와 함께 잤던 모든 사람들 1963-1995」**
102명의 이름을 수놓은 아늑한 텐트를

손가락질하며 욕하는 관람객들

연일 줄 이었으니
전시회는 대성공!

상을 준다더군, 고맙게도
질겅질겅 껌을 씹으며
한 손엔 시가아
한 손엔 영광스러운 트로피
높이 치켜들까 해

* 영국의 전위적 예술가 집단 yBa(young British artists)의 주요 작가인
  트레이시 에민의 대표 작품.
** 같은 작가의 다른 작품.

케이프산 얼룩말

멸종되어 간다 했어
좌우 얼룩무늬 어긋난 케이프산 얼룩말
그 어긋남이 마음에 들어
선뜻 녀석을 받아안았지
아프리카에서의 전리품인듯
적도를 통과하는 열일곱 시간의
비행에도 녀석은 다소곳했어
울음소리 한 번 없이
대평원에서 뛰놀던 녀석이라곤
생각할 수 없었다니까
서울에 도착한 날
좁은 거실을 거의 차지한 채
모든 걸 체념한 듯
녀석은 큰 대자로 누워 버리더군
나의 하루는
그의 등을 타고 오르는 것부터 시작됐어
아름다운 흑백의 등에 바짝 몸을 붙이면
그의 사라진 심장이 헐떡이는 듯해
없는 눈알로 녀석이 날 무연히 바라보는 날

두고 온 아프리카의 처연한 노을이 생각나

소음과 고속의 이 도시와 난

불균형, 부정합, 불편한 비대칭

야성을 잃고 순하게 엎드린

납작해진 녀석의 갈기 쓰다듬으면

점점 어두워져 가는 내 귓속에

그가 속삭이는 거야

아직 살아 있니?

가족사진

사진 찍자
벌거벗고 찍자
살도 벗어 버리고 찍자
가장 가깝고
가장 먼
우리 네 사람
뼈만 남기고 찍자
뚱뚱한 뼈
날씬한 뼈
화난 뼈
즐거운 뼈
구분 안 되는 해골들
그러니 담담하게 찍자
흑백으로만 찍자
울긋불긋한 날들
손꼽아 헤아리니
리얼하게
그로테스크하게
조명도 없이

지어낸 웃음도 없이
어둠 속에서
있는 힘껏 환하게
찰칵!

신문

묵은 신문을 펼친다
빛바랜 갱지의 눅눅한 냄새
죽은 시간들의 무덤이 거기 있다

부음란이 아닌 곳에서도
시신의 향기는 친숙하다
지층인 듯 겹쳐진
여백 없는 종이들
이전에 나무였고
이전에 흙이었던

흙알갱이의 밀도만큼이나
사건들 사이에는 틈이 없다
지하 갱도에 매몰된
얼굴 건져 올리듯
그들의 흩어진 사지가 묻힌 양
구석진 곳까지 들춰 본다
고개 숙인 머리 위로 떨어지는
불빛

글자들을 한 움큼씩 삼킬 때마다
흙은 덩어리로 내린다

마지막 장을 덮을 즈음
머리 꼭대기까지 흙은 차오르고
본다
부음란 귀퉁이에 적힌
낯익은 이름 하나

나의 장례식에 가야겠다

책 읽는 남자

실직은 질식이다
목을 죄던 것들이
어느 날 툭 끊어졌는데
이번엔 보이지 않는 손이
온종일 그의 목을 조른다
보이지 않는 손은
보이는 손보다 더 집요하다
아침마다
단정히 넥타이를 매고
서류 가방을 들고
아내의 배웅을 받으며
그는 집을 나선다
아침 아홉 시 입실
밤 아홉 시 퇴실
매일 밤 늦는
그의 귀가를 기다리며
아내는 야근 수당을 기대하리라
도서관 그 자리엔
언제나 그가 있다

책보다는 창 밖에
멍한 시선 자주 보내는
말쑥하고 창백한
높은 도수 너머의 그가
자주 목덜미를 문지르는 그가

2% 때문에

2%가 부족하다
무엇으로 2%를 채우나

무엇으로든 채우기 위해
눈알이 벌게진 사람들
헐떡거리며
숨 가쁘게 오간다

2%가 부족하다

2% 때문에
허덕이는 회사원
괴로운 성직자
참담한 창녀
호통이 먹혀 들지 않는 대통령……
나의 2%인 너

2% 부족한 그 자리에서
나는 발효한다, 비로소

불온한 독서

나의 독서법은 毒法
피의 잔을 건네주는 자에게만
영혼의 정조대를 풀지
내면의 피 흘리지 않는 자의 말
난 믿을 수 없어
원샷을 외치며 부딪쳐 오는
잔 속의 毒
향기 진할수록
난 달아오르지
내가 원하는 건 바로 이것
독설의 毒 반란의 毒 배신의 毒 금기의 毒
독즙을 나누어 마시는 자들에겐
같은 문양의 문신이 필요 없어
그건 심장을 맞바꾸는 일
한 수술대에 누워
서로의 집도의가 되어
희디흰 가슴에 메스를 대는 일
심장이 바뀌고 나서야
더 정확히는 감쪽같이 섞이고 나서야

우리의 독한 讀法은 끝이 나지
나는 너로, 너는 나로
관통한 사이가 되는 거지

책장의 귀를 접다

귀퉁이가 아니라 귀다
입술보다 더 많은 말을 간직한 귀
말없이 나를 읽어 주던 귀
한쪽으로 듣고 한쪽으로 흘려버리지 않는 귀
그러나 비밀을 옮기지 않을 귀
가볍지 않으나 너무 무겁지도 않은 귀
배신할 리 없는 귀
그래서 함께 여행 중이었던 귀
꿈과 상징으로 가득한 귀
아기 코끼리 덤보처럼
비상할 수 있는 귀

손가락을 거는 대신
나는 그의 귀를 가만히 접는다
잠시 후에 다시 만나!

멋진 귀를 얻는 방법

유준(문학평론가)

1 어느 못생긴 귀에 관한 이야기

엠마와 안나, 19세기 소설사의 대표적인 두 정열의 여인. 이들이 정열을 불태운 '집 밖'에서 본 것은 무엇일까? 이를 이해하기 위해서는 이들이 '집 안'에서 대면하고 있는 것들이 무엇인가를 먼저 살펴야 한다. 안나의 경우를 예로 들어 말하자면 그것은 다름 아닌 '이상하게 생겨 먹은 귀'다. 『안나 카레니나』의 제1부 30장에서 안나는 페테르부르크 역에 마중 나와 있는 남편 카레닌의 얼굴에서 귀를 본다. 남편의 귀를 본 순간 안나가 속으로 내뱉는 첫마디는 "오, 맙소사!"(참고로 펭귄판 영역본에서는 "Oh, my God!")이다. "왜 귀가 저렇게 생겨 먹은 걸까?" 이어지는 말이다. 그녀가 갑자기 이렇게 남편의 귀를 못마땅해하는 이유는 뭘까? 시간을 조금 뒤로 돌려 보자. 안나는 모스크바에 다녀오는 길이다. 그곳에서 그녀는 브론스키라는 젊고 멋진 남자를 우연히 만났다. 그 만남의 두근거림을 뒤로한 채, (혹은 간직한 채) 집으로 돌아오기 위해 오른 기차가 어느 간이역에 멈추었을 때, 눈보라가 휘날리는 플랫폼에서 안나 앞에 나타난 브론스키, 그는 그녀의 눈을 똑바로 바라보며 이렇게 말한다. "당신이 계신 곳에 함께 있고 싶어 이렇게 여기 왔습니다." 이 말은 그녀를 마중 나온 ─ "당신이 계신 곳에 함께 있고 싶어"서가 아니라 '관습적인 의무감'에서 ─ 남편이 "냉랭하고 피로한" 몸짓으로 그녀에게 하는 다음과 같은 말과 그 말에 대한 서술자의 주석에 비할 때 그 의미의 무게를 짐작할 만하다.

"당신도 알다시피 당신의 다정한 남편, 이제 마치 결혼 2년 차밖에 안 된 듯한 부드러움을 지닌 남편이 당신을 만나기만을 고대하고 있었소." 그는 느리고 큰 목소리로 말했는데, 그것은 그가 아내를 대할 때면 늘 쓰곤 하는 관습적인 말투로, 방금 그가 한 말 역시 정말로 그런 의미를 담아 말하는 사람이 있다면 얼간이 같지 않느냐는 그런 투였다.

그러니 남편의 귀가 그렇게도 미울 수밖에. 그 귀는 그 엄청난 크기 ─ 안나에 의하면 남편의 귀는 "그가 쓰고 있는 모자의 차양을 떠받치고 있"을 정도이다 ― 에도 불구하고 존재의 내밀한 속삭임에 대해서는 이미 청력을 상실한 상태이고, 오직 인습적 세계의 소음을 향해서만 활짝 열려 펄럭이고 있는 지루하고 권태롭기 짝이 없는 당나귀 귀에 불과한 것이다.

정도와 양상의 차이는 있지만 엠마의 외도도 이와 유사한 맥락에 닿아 있다. 안나와 엠마. 이들이 참을 수 없었던 것은 '집 안의 남자'가 아니라 '집 안'이었고, 그 집 안은 하이데거와 마르크스를 적절히 차용해 말해 보자면, '비본래성'과 '소외'의 온상에 불과한 곳이었다. 이 두 정열의 여인들의 외도는 존재 망각을 깨달은 자의 기투요, 소외에 항거하는 투쟁으로 이해되어야 마땅하다.

2 투신으로서의 사랑 혹은 사랑으로서의 투신

강기원의 시들은 엠마, 안나와 정신적 쌍생아들인 경우가 많다.

『바다로 가득 찬 책』(민음사, 2006)이 김수영 문학상 수상작으로 결정된 후, 한 시인과의 인터뷰에서 그녀는 그런 기미를 노출하고 있다.

"외롭거나 고독하다는 이유 때문에 시를 쓰지는 않은 것

같아요. 사랑하는 남편이 있었고 새근새근한 아이들도 있었으니까요. 밖에만 나가면 풍경은 말할 수 없이 아름답고 평온했지만 저는 문득 '이러한 평온이 오래전부터 내가 바라왔던 것일까?'하는 생각이 들었어요."

— 김경주, 「어른이 되다 만 아이의 요리들」,
《세계의 문학》 2006년 겨울호

같은 시집에서 그녀가 다음과 같이 노래할 때 그녀는 이미 어느 날 문득 '못생긴 귀'를 보았던 것은 아닐까?

무엇이든 뚫고 싶었어요
답답한 도시, 답답한 공기, 답답한 사랑, 답답한 당신들······

갈라진 혀로 조금씩 피 흘리며
껌 씹기, 침 뱉기, 사탕 빨기, 키스하기······
짜릿한 아픔이 퍼질 때마다 살아 있는 나를 느끼는 거죠

반짝이며, 잘랑이며, 아슬아슬하게 팽팽해져 이 거리를 활보할 거예요
부딪히는 것마다 터뜨릴 거예요

지루한건정말참을수없거든요

뚫어 보실래요, 당신?

——「피어싱」, 『바다로 가득 찬 책』에서

의도적으로 띄어쓰기를 하지 않아 더욱 집중하게 만드는 "지루한건정말참을수없거든요"라는 말 혹은 절규 속에서 엠마와 안나의 목소리를, 그리고 역시 동시대에 가장 예민한 감각을 지녔던 보들레르 —— "권태로 네 넋은 잔인해지는구나"("넌 전 우주를 규방에 끌어 넣겠구나"로 시작하는 제목 없는 시) —— 의 메아리를 듣는 것은 비단 나만은 아닐 것이다. 이와 같이 관습이나 권태, 그리고 그로 인한 '존재 망각'이나 '소외'에 대한 알레르기 반응은 이번 시집에서도 시집 전체를 이끌어 나가는 근본적인 추동력이다. 이와 관련해 인상적인 시 한 편을 먼저 읽는다.

접붙이기를 하자

산사나무에 사과나무 들이듯

귤나무에 탱자 들이듯

당신 속에 나를

데칼코마니로 마주 보기 말고

간을 심장을 나누어 갖자

하나의 눈동자로 하늘을 보자

당신 날 외면하지 않는다면

상처에 상처를 맞대고

서로 멍드는 일

아니

은하가 은하를 관통하는 일

그러나

맞물리지 않는 우리의 생장점

서로 부르지 않는 부름켜

살덩이가 썩어 가는 이종 이식

꼭 부둥켜안은 채

무럭무럭 자라난다, 우리는

뇌 속의 종양처럼

　　　　　　　　　　—「은하가 은하를 관통하는 일」

　일견 노골적인 연애시로 보인다, 앞의 몇 줄만 읽었을 때는. "접붙이기를 하자"라고 운을 떼는 것도 그렇거니와, 이어지는 "산사나무에 사과나무 들이듯/ 귤나무에 탱자 들이듯/ 당신 속에 나를"이라는 표현 역시 어조도, 비유도 너무 점잖고 지루하다. 그러나 여기까지다. 점잖음과 지루함, 즉 '못생기기 짝이 없는 귀' 같은 느낌은 이후 점차점차 사라지다가 "그러나" 이후에 완전히 소멸하고, 새로운 폭발을 통해 우리 앞에는 '카레닌'이 아니라 '브론스키'가 서 있게 된다. 페테르부르크(집 안)에서 모스크바(집 밖)로 어느새 이동해 있는 것이다. 이것이 어떻게 가능한가? 모순과 역설의 인식과 그 맞닥뜨림으로부터. 사랑은 접붙이기다. 그런데 이는 그저 얌전한 합일에 머무는 것은 아니다. 그것은 "마주 보기"가 아니고, "간을 심장을 나누어 갖"는 일이다. 그래서 이것은 온전한 유기체 간의 만남이라기보다는 오히려 유기체의 온전함을 훼손할 수도 있는 기관들의 만남이다.(생물학적으로도 간이나 심장을 나누어 가졌을 때 그 유기체가 온전할 수 있는 확률은 지극히 미약하다.) 그러니까 이 만남은 유기체가 폭발해 버릴 수도 있는 하나의 위험한 모험인 것이다. "은하가 은하를 관통"한다는 엑스터시는 곧바로 "맞물리지 않는 생장점", "서로 부르지 않는 부름켜", "살덩이가 썩어 가는 이종 이식"으로 치환된다. 그럼에도, 아니 그렇기 때문에 이 시는 아름답다. 그 위험한 모험을 감행하는 섬뜩한 용기로 인해 관습과 상투를 내파해 버리는 에너지가 있기에. 어느 시인의 말을 빌려 "모두가 병들었으나 아무도 아프지 않은" 것에 비한다면, "꼭 부둥켜안은 채/ 무럭무럭 자라"나는 "뇌 속의 종양"은 얼마나 건강하게 펄떡펄떡 뛰고 있는지!

이를 그녀의 이전 시집에 놓여 있는 연애시와 비교해 보자.

네가 목도리였으면 좋겠어
양말이라도 좋아
아니, 도마뱀이어도 좋아

(……)

네 눈으로 내가 보는 거

널 칭칭 감고 다니는 거

하루 종일 널 신고 사뿐사뿐

내 목을 은근히 조르기

(……)

아무래도 좋아

어디나 넌데

무어든 난데

그런데

연애할 시간이 없네

──「연애」, 『바다로 가득 찬 책』에서

마지막에 예의 반전을 시도하고 있기는 하지만 「은하가 은하를 관통하는 일」에 비한다면 그 반전마저 깜찍하게 여겨질 정도다. 물론 "나의 얼굴, 팔, 다리, 심장을 대접하겠습니다"(「베이글 만들기」, 『바다로 가득 찬 책』), "사랑하는, 망설이는 널 끌고/ 용문으로 가야지/ 허기진 네게/ 인상 깊은 만두를 먹여야지/ 만두소처럼 나로 너를/ 온전히, 맛있게, 그득하게 채워야지"(「만두」, 『바다로 가득 찬 책』), "그대 혀끝에/ 올려진다면/ 그게 나인 줄도 모르고/ 삼켜진다면/ 그리운 그대 속내/ 알아보는 거야/ 원 없이 들여다보는 거야"(「절여진 슬픔」, 『바다로 가득 찬 책』)라는 좀 더 폭발력 있는 구절도 있고, 더 근원적으로는 그 시집의 전체적인 맥락 속에서 이를 연애시가 아닌 것으로 해석할 여지도 얼마든지 있지만, 일단 새 시집의 중심을 차지하고 있는 연애시의 맥락에서 이해해 보자면 이 기존의 표현들은 폭발력이 다소 약한 게 사실이다. 뿐만 아니라, 이 구절들을 가만 읽고 있노라면 연애시의 형식을 취하고 있음에도 타자가 배제되어 있거나 기껏해야 주체의 재귀를 위한 매개 정도로밖에 설정되어 있지 않은 것 아닌가 하는 생각이 들기도 한다. 가령 이번 시집에서 다음과 같이 이야기하고 있는 부분은 이전 시집들의 연애시에서는 찾아보기 힘들다.

  뇌수와 골수 침 땀 눈물이 범벅으로 섞여든
  너와 나 낱낱이 해체되어 녹아든
  진하고 단, 쓴 피
  피의 러브 샷

                                        ─「흡혈」에서

　과장된 장난기가 섞인 듯 느껴지는 "피의 러브 샷"이라는 구절에도 불구하고 이 시는 묘한 매력을 갖는데, 그것은 "사랑"보다 "흡혈"의 상상력에 기인하는 바 크다. 얼핏 그리스도의 보혈을 떠오르게도 하는 이 구절은 그 암암리에 인지되는 종교적 보혈에 "뇌수와 골수 침 땀 눈물이 범벅으로 섞여든" 에로스적 흡혈을 채색시킴으로써 사랑의 '신-악마'적 속성을 선명히 부각시키는데, 우리가 이야기하고 있는 맥락에서 이를 다시 말해 보자면, 그 선명한 부각 속에서 관습이나 권태 따위는 들어설 자리가 없어 보인다. 에로티즘의 위대한 승리는 다름 아닌 존재의 승리 — 자체로 또한 (또 다른 창조로서의) 파괴적 속성을 지니는 모순적인 것이기는 하지만 — 인 것이다.

지금까지 우리는 이번 시집에서 비교적 강렬한 에너지를 내뿜는 두 편의 작품을 읽어 보았다. 이 두 편의 시가 그렇듯, 이 시집에서 '기(氣)'와 '끼'가 마음껏 발산되고 있는 작품들은 대체로 연애시의 형태를 취하고 있는 경우가 많다. 물론 이때 연애란 일상에 편재하는 상투성의 반복에 그치는 것이 아니라 그 전복을 감행하고 있음은 두 말할 나위도 없다. "우리가 흔적도 없이 스며/ 더 이상 진화하지 않는 곳"(「정오의 카페 7그램」)에 가닿고자 하는 열망의 실현은 앞서 보았듯, "살덩이가 썩어 가는 이종 이식"을, "낱낱이 해체되어 녹아든/ 진하고 단, 쓴 피"를 필요로 하는 고투일 수도 있는 일이다. 하여 이를 일러 '투신으로서의 사랑' 혹은 '사랑으로서의 투신'이라 말해 지나치지 않다.

'투신'과 '사랑'이라. 그럼 이 둘은 항상 공생 혹은 공멸하는가?

가슴뿐이다

가슴이 텅 빈 내가 누워 있다

출렁거림도 없이 출렁이며

널 담아 가득 찼던

더 없이 뿌듯했던 가슴이

이제 홀로 누워 있다

혼곤한 꿈인 듯

내 안에 잠시 머물던 네가

망상을 떨쳐 버리듯

서슴없이 날 빠져나갈 때

무엇으로 널 다시 주저앉힐 수 있었겠나

내 안의 열기는 식어 가고

주글주글해진 네 영혼

더 이상 견디지 못하는 너

묵은 때 벗기듯 슬슬 지워 낼 것이다

따뜻했던 물의 기억을

내가 내게서 조금씩 빠져나간다

검은 배꼽 비틀어

나는 나를 소진시킨다

흉곽에 남은 너의 흔적

닦을 생각도 없이

내 안의 마지막 물 한 방울

사라지며 지르는 눌린 비명 소리

홀로 듣는 밤이다

너의 형상대로 움푹 들어간 채

텅 비어 버린 내가

——「밤의 욕조」

여기서 투신과 사랑은 끝내 각자의 길을 간다. 이 시의 여로는 "뿌듯했던 가슴"에서 "텅 빈 가슴"으로다. 두 개의 부사는 상황의 비극성을 암시한다. 사연인즉 "잠시" 머물던 너는 "서슴없이" 빠져나갔던 것이다. 그러나 다시 한 번, 비극이라고? 무엇이 비극이란 말인가? 사랑의 비극이란 없다. 비극이란 사랑이 없는 곳에만 존재할 뿐이다. 이를 다시 한 번 우리의 맥락에서 바꿔 말하자면 투신의 비극이란 없다. 비극이란 투신이 없는 곳에만 존재할 뿐이다. 하여 여기서 "텅 비어 버린 나"는 그 깊은 의미에서 오히려 충만해 있다. 투신의 감각으로, 그 존재를 "소진시"키는, 그럼으로써 역설적으로 존재에 생명력을 불어넣는 에너지로 인해. 이렇게 존재의 내적인 진실에 다다르기 위해서는 위험한 모험을 감수하는 투신이 있어야만 한다.

3 회복기 환자의 눈 혹은 작두날 위에 선 시

1863년 발표한 「현대적 삶의 화가」라는 에세이에서 보들레르는 이렇게 적는다.

여러분은 이 시대의 가장 강력한 펜에 의해 씌어졌다기보다는 그려진 「대중의 인간」이란 제목을 가진 그림 ─ 사실, 그것은 그림이다 ─ 을 기억하는가? 카페의 유리창 뒤에 앉아 있는 어떤 회복기의 환자가 대중들에게 미소 지으며, 그들을 주시하며, 머릿속으로는 자신의 주위에서 움직이는 다른 모든 사람들의 생각들과 뒤섞인다. 그는 최근에 어두운 죽음의 세계로부터 살아 돌아왔기 때문에 삶의 모든 향기와 본질들을 열광적으로 호흡한다. 그는 모든 것을 망각할 지점까지 가 보았기 때문에 모든 것을 기억하고, 열정적으로 기억하고 싶어 한다. 그러고는 마침내 그는 언뜻 보인 모습만으로도 순식간에 그를 매혹시킨 미지의 한 인물을 찾아서 대중들 속으로 뛰어든다. 호기심은 숙명적이고 저항할 수 없는 정열로 바뀐 것이다!

정신적으로 항상 회복기의 환자의 상태에 있는 한 예술가를 상상해 보라. 그러면 여러분은 G씨의 특성을 이해할 열쇠를 갖게 될 것이다.

회복기란 마치 어린 시절로의 귀환과도 같다.

─ 보들레르, 박기현 옮김, 「현대적 삶의 화가」,
《세계의 문학》, 2002년 봄호

그리고 오늘 강기원은 「퍼스나」에서 이렇게 적는다.

밤의 식탁에서 나는 쓴다/ 사흘쯤 굶어도 식욕이 없는

자/ 신발 사이즈는 커지고/ 브래지어는 B컵에서 A컵으로/ 거울을 닦지 않는 자/ 립스틱은 점점 진해지고/ 뼈의 피리를 지녔으면서도/ 느린 재즈의 선율에 눈 감지 않는 자/ 사내의 땀내를 맡아도 달뜨지 않으니/ 더 이상 사랑을 믿을 수 없는 자/ 누구인가/ 이 맛없는 자/ 오미의 구별이 안 되는 자/ 백색 스크린 같은 자/ 얽힌 탱고의 다리 사이에서 태어났고/ 요귀와 함께 자랐으며/ 간절기마다 발작을 일으키던/ 바람의 유전자를 지녔던/ 너는 어디로 사라졌는가/ 네 얼굴 위에 벗겨지지 않을/ 돌의 가면 덮어씌운 자/ 너의 알록달록함 잿빛으로 바꾼 자/ 누구인가/ 구멍 하나 없는 가면 속에서/ 미라처럼 서서히 숨 막혀 가는 너/ 이제 눈물샘마저 막힌 채/ 혀가 굳어 가는 퍼스나/ 새벽이 오는 식탁에서 나는 쓴다/ 쓰고 지운다

—「퍼스나」

일종의 자화상처럼 읽히는 이 시에서 화자의 모습은 "회복기의 환자"가 아니라 임종을 앞둔 사람처럼 그려진다. 호기심도, 상상력도, 에너지도, 욕망도 없다. 똑같이 3부에 실려 있는 또 다른 시에서 "케이프산 얼룩말"의 목소리를 빌려 "야성을 잃고 순하게 엎드린/ 납작해진 녀석의 갈기 쓰다듬으면/ 점점 어두워져 가는 내 귓속에/ 그가 속삭이는 거야/ 아직 살아 있니?"(「케이프산 얼룩말」)라고 말할 때도 마찬가지다. 더불어 1부에 자주 등장하는 "인형", "가면

(/마스크)"등의 이미지들도 생명력과 에너지, 본래성 등을 잃고 소외되어 있는 상황을 드러낸다. 이 상황을 전복시키기 위한 방법론적 전략의 하나가 '투신-사랑'(주로 2부)이었다면, 또 다른 하나는 야성과 광기의 회복(주로 1부와 3부)이다. 1부에 등장하는 "알파 늑대"나 "투견", 3부에 등장하는 "케이프산 얼룩말", "길고양이" 등은 잃어버린, 그러므로 회복해야 할 야성에 대한 이야기이다.

난 누구에게도 길들여지지 않는다
무리 짓지 않는다, 어떤 순간에도
고독이라는 오만한 벗이 있을 뿐
초승에서 보름 사이
이승과 저승 사이를
가볍게 넘나드는
자재로운 변신의 귀재
무어든 고요히 빨아들인다
빨아들여 야생의 피를 채운다
내 안엔
순진무구의 아이에서
타락한 천사까지 숨 쉬고 있다
어둠이 날 낳았는지
나로 하여 깊은 어둠이 생겼는지
그건 알 수 없다

밤의 복화술사일 뿐

어느덧 새벽의 비린내가 끼쳐 온다

태양의 양수 냄새

의기양양한 아침이 성큼 다가와

날 지워 버린다 해도

기억하라

나의 수수께끼는 끝까지 밝혀지지 않으리니

—「길고양이」에서

"무어든 고요히 빨아들인다/ 빨아들여 야생의 피를 채운다"라는 구절이 눈에 띄는바, 이는 앞서 읽었던 「흡혈」에서 '흡혈의 상상력'을 생각나게 한다. 또한 피는 야성과 더불어 광기와도 통한다.

내게는 이교도의 피가 흐르나 보다

착란과 광기의 교리 문답을 받고

랭보教에 입교하고 싶다

—「랭보座」에서

그런데 "누구인가/ 이 맛없는 자"(「퍼스나」)라는 자각으로부터 스스로를 구원하기 위해 택한 야성과 광기에서 어떤 귀기서린 섬뜩함을 느끼기 힘든 것은 못내 아쉬운 일이다. 그러기에 "(길)고양이"나 "랭보"는 너무 익숙한 문법과 수사의 궤도를 순회하고 있는 것 아닌가? 이 시집에서 그 "맛없는 자"의 변주로 나타나는 "가면(/마스크)", "미라", "로봇" 등의 이미지와 관련해서도 마찬가지의 말이 가능할 터이다. 그렇게 일인칭 존재의 희석에 대한 관습적 우려의 과정에서보다는 타자와의 교접에서 이 시인의 상상력과 에너지는 더욱 빛난다. 가령 「인형」이나 「로제타석」 같은 작품에서 그려지고 있는 '교접'의 감각과 감수성은 타자와의 사이에 다리를 하나 놓는 역할을 하는데, 이 다리 위에서 비로소 일련의 '투신-사랑' 시편들이 보여 주고 있는 놀라운 (에로스적) 활력의 불꽃놀이가 펼쳐지고 있는바, 이는 방금 거론한 이 시집의 몇 가지 아쉬움을 상쇄하고 남을 만한 충분한 매력과 에너지가 있음은 다시 한 번 말해 두어야겠다. 이 시편들에서 우리는 관습의 안락의자를 차고 나와 작두날 위에 서 있는 시인을 만나게 된다.

셰익스피어는 한 소네트에서 사랑의 엑스터시를 두고 "지옥으로 가는 천국"이라고 말했다. 끝이 지옥임을 알기에 천국으로 수놓인 길에 발을 들여놓지 않는다면 우리는 '못생긴 귀'에서 영영 벗어날 수 없을 테고, 반대로 그럼에도 그 길에 발을 들여놓는다면, 비록 지옥에 다다를지언정 우리는 멋진 귀를, 혹은 멋진 귀를 볼 줄 아는 눈 ── 다시 한 번 보들레르를 빌려 말하자면 회복기 환자의 눈 ── 을 갖게 될 것이다. 자, 당신이라면 어느 쪽을 택하겠는가?

강기원

서울에서 태어나 이화여대 정치외교학과를 졸업했다.
1997년 《작가세계》 신인상에 「요셉 보이스의 모자」 외 4편의 시가 당선되어 등단했으며,
시집 『고양이 힘줄로 만든 하프』, 『바다로 가득 찬 책』이 있다.
2006년 제25회 〈김수영 문학상〉을 수상했다.

은하가 은하를 관통하는 밤

1판 1쇄 펴냄 · 2010년 2월 26일
1판 6쇄 펴냄 · 2011년 1월 14일

지은이 · 강기원
발행인 · 박근섭, 박상준
편집인 · 장은수
펴낸곳 · (주) 민음사

출판 등록 1966. 5. 19. 제16-490호
서울시 강남구 신사동 506번지 강남출판문화센터 5층 (우)135-887
대표전화 515-2000 / 팩시밀리 515-2007
www.minumsa.com